www.ingramcontent.com/pod-product-compliance
Lightning Source LLC
LaVergne TN
LVHW010424070526
838199LV00064B/5427
* 9 7 8 9 3 5 8 7 2 2 4 7 5 *

مناظر عاشق ہرگانوی کی پانچ کہانیاں

(بچوں کی کہانیاں)

مرتب:
فرح عندلیب

© Taemeer Publications LLC

Manazir Ashiq Harganvi ki 5 KahaniyaaN (Short Stories)
by: Farha Andaleeb
Edition: February '2024
Publisher :
Taemeer Publications LLC (Michigan, USA / Hyderabad, India)

ISBN 978-93-5872-247-5

مصنف یا ناشر کی پیشگی اجازت کے بغیر اس کتاب کا کوئی بھی حصہ کسی بھی شکل میں بشمول ویب سائٹ پر
اَپ لوڈنگ کے لیے استعمال نہ کیا جائے۔ نیز اس کتاب پر کسی بھی قسم کے تنازع کو نمٹانے کا اختیار
صرف حیدر آباد (تلنگانہ) کی عدلیہ کو ہو گا۔

©تعمیر پبلی کیشنز

کتاب	:	**مناظر عاشق ہرگانوی کی پانچ کہانیاں**
مرتبہ	:	**فرح عندلیب**
صنف	:	ادب اطفال
ناشر	:	تعمیر پبلی کیشنز (حیدرآباد، انڈیا)
سالِ اشاعت	:	۲۰۲۴ء
صفحات	:	۲۶
سرورق ڈیزائن	:	تعمیر ویب ڈیزائن

فہرست

(۱)	ایمان داری کا پھل	6
(۲)	اسمبلی	11
(۳)	مغرور گیدڑ	17
(۴)	انصاف	19
(۵)	گیت کا اثر	23

(۱) ایمان داری کا پھل

ایک بادشاہ تھا اسے طرح طرح کے پرندے اور جانور پالنے کا شوق تھا۔ وہ سال میں ایک بار جانور اور پرندے پکڑنے خود بھی جنگل جاتا تھا۔ اس کے پاس ہزاروں طرح کے جانور اور پرندے تھے۔

ایک بار بادشاہ جنگل گیا۔ اس نے کئی طرح کے توتے اور دوسرے پرندے پکڑے۔ بادشاہ کی نگاہ ایک ہرن پر پڑی۔ اس نے پھندا ڈالنے کی رسی ہاتھ میں لی، اور گھوڑا دوڑا دیا۔ ہرن بھاگتا بھاگتا جھاڑیوں میں گم ہو گیا۔ بادشاہ کے ہاتھ نہیں لگا۔ وہ ناامید ہو کر لوٹنے لگا لیکن راستہ بھول گیا۔ ہرن کے پیچھے پیچھے وہ اپنے ساتھیوں سے نہ جانے کتنی دور آ گیا تھا۔ اس کے چاروں طرف پیڑ ہی پیڑ تھے۔ اس نے سوچا یہاں جنگل میں رکنا ٹھیک نہیں ہے۔ کسی ایک سمت آگے بڑھوں۔ شاید راستہ مل جائے اور شاہی محل پہنچ جاؤں یا اپنے ساتھیوں سے جا ملوں۔

یہ سوچ کر بادشاہ ایک سمت چل پڑا۔

بادشاہ کو چلتے چلتے بہت دیر ہو گئی، مگر کوئی راستہ اب تک نہیں ملا تھا۔ سورج بھی غروب ہو چلا تھا۔

لیکن سورج ڈوبنے سے پہلے بادشاہ کو ایک پگڈنڈی مل گئی۔ وہ گھوڑا موڑ کر پگڈنڈی پر تیزی سے چلنے لگا۔

کچھ دوری پر اسے اُجالا نظر آیا۔ بادشاہ اسی طرح بڑھتا گیا، قریب پہنچنے پر اس نے دیکھا کہ ایک جھونپڑی کے آگے ایک کسان اور اس کی بیوی بیٹھے ہوئے تھے۔

کسان بادشاہ کو دیکھ کر حیرت میں پڑ گیا، ہکلاتا ہوا بولا " جہاں۔۔۔ پناہ۔۔۔ آ۔۔۔ آپ۔۔۔ یہاں"۔

"میں پرندے پکڑنے آیا تھا۔ ایک ہرن کے پیچھے بھاگتے ہوئے راستہ بھول گیا ہوں۔ اب رات میں یہیں گذارنا چاہتا ہوں، سویرے چلا جاؤں گا۔" بادشاہ بولا۔

کسان بے چین ہو کر بولا۔ "جہاں پناہ یہ سب آپ ہی کا دیا ہوا ہے۔ مگر آپ یہاں کیسے ٹھریں گے؟ میرے پاس تو ایک اچھا بستر بھی نہیں ہے"۔

"تو کیا ہوا بادشاہ نے کہا۔ "اگر میں کسان ہوتا تو کیا شاہی محل ہی کے ملائم بستروں پر سوتا"؟

کسان نے بادشاہ کا گھوڑا ایک درخت سے باندھ دیا، اور اس کے کھانے کو کچھ گھاس بھی ڈال دی۔

بادشاہ نے آگ تاپتے ہوئے کسان سے پوچھا۔ "تمہارا نام کیا ہے"؟

"میرا نام کلوا ہے جہاں پناہ۔"

"اچھا کچھ کھانے کا سامان ہو تو لے آؤ بھوک لگ رہی ہے۔"

"حضور! میرے پاس آپ کے کھانے کے لئے کچھ بھی نہیں ہے چند سوکھی روٹیاں ہیں، وہ آپ کھا نہیں سکتے"۔

"میں کھالوں گا تم لے آؤ۔"

کسان حیرت زدہ سا، صبح کی بنی ہوئی روٹیاں لے آیا۔

بادشاہ نے روٹی کھا کر پانی پیا اور اللہ کا شکر ادا کیا۔ تھکاوٹ کی وجہ سے اُسے جلد ہی نیند آگئی۔

صبح جانے کی تیاری کرتا ہوا بادشاہ سے بولا۔ "کلوا! تم کبھی محل کی طرف آؤ تو مجھ سے ضرور ملنا۔ اب راستہ بتا دو، میں چلوں"۔

کلوا جب بادشاہ کو راہ دکھا کر لوٹا تو اس نے بیوی کے ہاتھ میں سونے کی زنجیر دیکھی۔ بیوی بولی۔ " جس جگہ بادشاہ سلامت سوئے تھے، وہاں یہ پڑی تھی"۔

کسان نے بیوی کے ہاتھ سے زنجیر لے لی اور بولا۔ " جلدی سے دو چار روٹیاں بنا دو میں ابھی شاہی محل جانا چاہتا ہوں"۔

"کیوں"؟

"آئی ہوئی دولت کو کیوں ٹھکراتے ہو"؟ اس کی بیوی بولی۔ "ہم نے کوئی چوری تھوڑے ہی کی ہے۔ اسے بیچ کر آرام کی۔۔۔۔۔۔"

کلوا نے زنجیر کو اُلٹ پلٹ کر دیکھا اس میں ایک چمکدار ہیرا ابھی لگا ہوا تھا۔ بیوی کی بات سن کر وہ غصے سے بولا۔ " اپنی زبان کو لگام دو۔ یہ زنجیر تیری محنت کی کمائی کی ہے یا میری محنت کی کمائی ہے؟ میں اسے ضرور واپس کرنے جاؤں گا۔ اب مزید کچھ بولنے کی ضرورت نہیں۔ چُپ چاپ روٹیاں بنا دو"۔

اسی دن شام تک کلوا شاہی محل پہنچ گیا۔ پہرے دار نے اسے صدر دروازے پر ہی روک دیا۔ وہ اسے اندر جانے نہیں دیتا تھا۔ اس نے پہرے دار کی بہت خوشامد کی۔ آخر میں اس نے کہا۔ "اچھا مجھے اندر مت جانے دو۔ بادشاہ سلامت سے اتنا کہہ دو کہ کل شام والا کلوا آیا ہے"۔

پہرے دار مان گیا اور اس نے خبر اندر بھجوادی۔ فوراً ہی کلوا کو اندر بلوایا گیا۔

کلوا نے فرشی سلام کرنے کے بعد زنجیر بادشاہ کے سامنے رکھ دی۔ بادشاہ خوش ہو کر کلوا سے بولا۔ "میں تمہاری ایمانداری سے بہت خوش ہوں۔ یہ زنجیر میں نے جان بوجھ کر چھوڑی تھی"۔

جی حضور جان بوجھ کر"؟

"ہاں! میں تمہاری ایمانداری کا امتحان لینا چاہتا تھا۔ تم کامیاب ہو گئے ہو۔ اس لئے انعام کے مستحق ہو۔ دیکھو، ایسا ہے کہ شاہی محل میں ایک خزانچی کی ضرورت ہے۔ میں تمہیں اس عہدے پر رکھنا چاہتا ہوں، کیا تمہیں منظور ہے"؟

"حضور کا غلام ہوں، جو حکم دیں، ویسے جہاں پناہ اس عہدے کے لائق میں نہیں ہوں۔ پھر بھی آپ جو کہیں گے میں تعمیل کروں گا"۔

اور دوسرے دن کلوا نے خزانچی کا عہدہ سنبھال لیا۔ کسی نے سچ کہا ہے کہ ایمانداری کا پھل میٹھا ہوتا ہے۔

(۲) اسمبلی

ایک بہت ہی خوبصورت باغ تھا۔ اس میں طرح طرح کے خوش نما پھول کھلے ہوئے تھے۔ گلاب چمپا، چمبیلی، گیندا، سورج مکھی، جوہی، موگرا، موتیا وغیرہ سبھی اپنی اپنی خوبصورتی اور خوشبو سے باغ کو دل ربا بنائے ہوئے تھے۔ شام کے وقت ٹھنڈی ہوا کے بہاؤ میں اس باغ کی رونق کا کچھ کہنا ہی نہ تھا۔ شام کے وقت وہاں لوگوں کی خوب بھیڑ رہتی تھی۔ بچے اچھل کود مچاتے تھے۔

پھلوں کی کیاریوں کے بیچ میں کہیں کہیں پر آم، لیچی، پپیتا، اور جامن کے بڑے بڑے درخت تھے۔ ان درختوں کے چاروں طرف مالی نے بہت سے کانٹے بچھا رکھے تھے اور کانٹوں کے چاروں طرف چھوٹے چھوٹے بہت سے رنگ برنگے پھول لگا رکھے تھے تاکہ کوئی بھی انسان پھل توڑ نہ سکے۔

مالی دن بھر اپنا وقت پھلوں اور پھولوں کی دیکھ بھال میں گذارا کرتا

اور باغ کی رونق کو دیکھ دل ہی دل میں خوش ہوتا رہتا تھا۔ جب کبھی کوئی شخص کسی پھول یا پھل کی تعریف کر دیتا تو اس کا دل بلیوں اچھلنے لگتا۔ وہ ہمیشہ اسی ادھیڑ بن میں مبتلا رہتا کہ کون سا ایسا نیا پھول لگائے جس سے لوگ اس کی تعریف کریں۔

باغ کے ایک چھوٹے سے حصے میں ترکاری لگا رکھی تھی۔ لوگ ان ترکاریوں پر کوئی دھیان نہیں دیتے تھے۔ نہ ہی للچائی ہوئی نظروں سے ان کو دیکھا کرتے تھے۔

اسی طرح دن گزر رہے تھے کہ ایک دن جناب کٹہل کو بہت غصہ آیا اور وہ درخت سے کود کر ترکاریوں کے بیچ آ کھڑے ہوئے اور بولے "میرے پیارے بھائیوں اور بہنو! ہم لوگوں میں آخر ایسی کونسی خوبی نہیں ہے جس کی وجہ سے لوگ ہمیں پسند نہیں کرتے اور نہ ہی ہمیں کسی قابل سمجھتے ہیں۔

حالانکہ ہم سے طرح طرح کی چیزیں بنتی ہوں، یہاں تک کہ ہمارے بغیر انسان پیٹ بھر کے روٹی بھی نہیں کھا سکتا ہے، پھلوں کا کیا جھٹ

چھری سے کاٹا اور کھا گئے۔ لیکن ہم تو راجا ہیں راجا بغیر گھی مسالہ کے ہمیں کوئی کھاتا نہیں، دیکھو مجھ میں تو اتنی بڑی خوبی ہے کہ میں پت کو مارتا ہوں۔ اب تم سب اگر مجھے اپنا راجا بنالو تو میں بہت سی اچھی باتیں بتاؤں گا"۔

ترکاریوں نے کٹھل کی بات بڑی توجہ سے سنی اور ان کے دل میں ایک جوش سا پیدا ہونے لگا۔ اب تو سب کو اپنی اپنی خوبی یاد آنے لگی۔ جب سبھی اپنی اپنی خوبیوں کا ذکر کرنے لگے تو جناب کٹہل پھر بولے۔ "دیکھو بھئی صبر کے ساتھ، آہستہ آہستہ، ایک ایک کر کے بولو۔ ورنہ کسی کی بات میری سمجھ میں نہیں آئے گی۔ ہاں کریلا پہلے تم"۔

کریلا:۔ میں کھانے میں تلخ ضرور لگتا ہوں جس کی وجہ سے بہت سے لوگ مجھے نہیں کھاتے ہیں۔ لیکن میں بہت فائدہ مند ہوں۔ کف، بخار، پت اور خون کی خرابی کو دور کرتا ہوں اور پیٹ کو صاف کرتا ہوں۔

بیگن: بھوک بڑھاتا ہوں۔ لوگ میرے پکوڑے اور ترکاری بڑے شوق سے کھاتے ہیں۔

بھنڈی:۔ سبزی تو میری بہت اچھی بنتی ہے اور میں بہت طاقت پہنچاتی

ہوں۔

لوکی:۔ میں اپنی تعریف کیا سناؤں، میرا تو نام سن کر ہی لوگ مجھے چھوڑ دیتے ہیں لیکن میں دماغ کی گرمی کو دور کرتی ہوں اور پیٹ صاف رکھتی ہوں۔ اسی وجہ سے ڈاکٹر، حکیم مجھے مریضوں کو دینے کے لئے کہتے ہیں۔

پَلوَل:۔ میں بھی مریضوں کو خاص فائدہ پہنچاتا ہوں اور انہیں طاقت دیتا ہوں۔

ترئی:۔ میں بخار اور کھانسی میں فائدہ پہنچاتی ہوں اور کف کو دور کرتی ہوں۔ میری سہیلی سیم بھی کف کو دور کرتی ہے۔

شلغم:۔ مجھے شلجم بھی کہا جاتا ہے۔ میں کھانسی کو فائدہ کرتا ہوں اور طاقت بڑھاتا ہوں۔

گوبھی:۔ بخار کو دور کرتی ہوں، اور دل کو مضبوط کرتی ہوں۔

آلو:۔ میں بے حد طاقتور اور روغن دار ہوں۔

گاجر:۔ میں پیٹ کے کیڑے مارتا ہوں۔

مولی:۔ میں کھانے کو بہت جلد پچاتی ہوں، اور پیٹ کو صاف کرتی

ہوں۔

جب سب کی باتیں ختم ہوئیں تو ساگوں نے کہا کہ واہ بھئی خوبی تو ہم میں بھی ہے پھر ہم چپ کیوں رہیں۔ آپ لوگ ہم غریب پتوں کی بھی خوبیاں سن لیں۔

پالک :- میں خون بڑھاتا ہوں کف کا خاتمہ کرتا ہوں اور کمر کے درد کے لئے مفید ہوں۔ خون کی گرمی کو دور کرتا ہوں، دست آور ہوں اور کھانسی کو فائدہ پہنچاتا ہوں۔

میتھی:- بھوک بڑھاتا ہوں، کف کا خاتمہ کرتا ہوں۔

بتھوا:- تھکاوٹ دور کرتا ہوں مجھے کف کی بیماری میں زیادہ کھانا چاہئے۔ تلّی، بواسیر اور پیٹ کے کیڑوں کو مار تا ہوں۔

مالی چپ چاپ باغ کے ایک کونے میں کھڑا سب کی باتیں بہت غور سے سن رہا تھا۔ ترکاریوں کی خوبیوں کو جان کر اسے بہت تعجب ہوا، اور وہ سوچنے لگا کہ اگر میں پھولوں کی جگہ ترکاریوں کے پودے پیڑ لگاؤں تو زیادہ بہتر اور سود مند ہو گا۔

جب سے مالی کے ارادے کا مجھے علم ہوا ہے اس باغ کی طرف جانے کا

مجھے اتفاق نہیں ہوا ہے۔ نہ معلوم اس باغ میں اب بھی لوگوں کی بھیڑ رہتی ہے بچے اچھل کود مچاتے ہیں اور خوشنما پھول اپنی بہار دکھاتے ہیں یا ترکاریوں کے لتوں سے مالی کا فائدہ ہوتا ہے؟

(۳) مغرور گیدڑ

ایک گیدڑ تھا۔ بڑا مغرور اور بڑا شیطان، بہتوں کو اس نے ستایا تھا اور ان کی بد دعا لی تھی۔

ایک دن اس نے کھٹا انگور کھایا۔ جب اس کے دانت کھٹے ہو گئے تو وہ آگے بڑھ گیا۔ راستے میں املی کے پیڑ کے نیچے اس نے بہت ساری املیاں پڑی دیکھیں۔ اس کے منہ میں پانی بھر آیا۔ وہ املی کھانے لگا۔ اس کے دانت اور کھٹے ہو گئے۔

کچھ اور آگے بڑھنے پر ایک جگہ شہد کا چھتّہ لٹکا ہوا نظر آیا۔ اس کا جی للچایا اور اس نے جیسے ہی کھانے کے لئے چھتہ پر منہ مارا شہد کی مکھیاں اس سے لپٹ گئیں۔

وہ درد سے کراہتا ہوا بھاگا۔ دو چار مکھیاں اب بھی اس کی ناک سے چپکی ہوئی اسے ڈس رہی تھیں۔ سامنے مٹی کا ڈھیر نظر آیا۔ وہ اسی میں ناک رگڑنے لگا۔

مٹی کے اس ڈھیر میں بچھو رہتا تھا۔ جیسے ہی گیدڑ نے ناک رگڑی بچھو نے ڈنک مار دیا۔ درد سے گیدڑ کی آنکھیں بند ہو گئیں۔ وہ بے تحاشہ وہاں سے بھاگا۔ آگے بڑا سا پتھر پڑا تھا۔ وہ اس پتھر سے ٹکرایا تو اس کا سر پھٹ گیا، اور خون بہنے لگا۔

دوسری سمت سے ایک دوسرا گیدڑ چلا آ رہا تھا، اسے اس حال میں دیکھ کر اس نے پوچھا۔ "کیا ہوا کیا بات ہے"؟

وہ بڑے دکھ سے بولا۔ "کسی کی بد دعا مت لینا۔ دعا لیکر بھی کسی کو ستانا مت، بھوک میں انگور چوس لینا۔ مگر شہد مت کھانا، شہد جو کھا لیا تو ناک مت رگڑنا ور نہ بچھو کاٹ کھائے بچھو کاٹ کھائے تو آنکھیں بند ہو جائیں گی، اور آنکھیں بند ہو گئیں تو بھاگنا مت، نہیں تو سر پھٹ جائے گا۔

آہ! اور گیدڑ بلک بلک کر رونے لگا۔

(۴) انصاف

چلتے چلتے جب بھوک چمک اٹھی تو دونوں مسافر ایک سایہ دار درخت کی چھاؤں میں کھانے کے لئے بیٹھ گئے۔ ان میں سے ایک کے پاس پانچ اور دوسرے کے پاس تین روٹیاں تھیں۔

ابھی وہ کھانا شروع بھی نہیں کر پائے تھے کہ ایک سوداگر گھوڑے پر سوار اُدھر آنکلا۔ چونکہ درخت سایہ دار تھا اس لئے وہ گھوڑے پر سے اتر کر ان دونوں سے کچھ فاصلے پر آرام کی غرض سے بیٹھ گیا۔

ان دونوں نے کھانا شروع کرنے سے پہلے اخلاقاً اس تاجر سے کہا۔" جناب آیئے، آپ بھی کھانے میں شرکت کیجئے۔"

سوداگر بھوکا تھا۔ اس لئے دونوں کے پاس جا کر بیٹھ گیا۔

دونوں مسافروں نے اپنی اپنی روٹیوں کے تین تین ٹکڑے کئے اور تینوں نے برابر بانٹ کر کھالیا۔

دوبارہ سفر شروع کرنے کی غرض سے گھوڑے پر سوار ہونے سے

پہلے سوداگر نے ان کے سامنے آٹھ آنے پیسے بڑھاتے ہوئے بڑی عاجزی سے کہا۔ "براہ کرم آپ لوگ اسے قبول کرلیں"۔

سوداگر کے جانے بعد ان دونوں نے اس رقم کو آپس میں بانٹ لینے کی سوچی!

پہلے مسافر نے اپنی روٹیوں کی تعداد کے حساب سے خود پانچ آنے رکھ کر اپنے ساتھ کی طرف تین آنے بڑھادیئے۔

لیکن دوسرے مسافر نے اُسے لینے سے انکار کر دیا۔ وہ پیسے پھینکتے ہوئے بولا۔ "واہ! یہ بھی کوئی بٹوارہ ہے۔ دینا ہے تو مجھے آدھے پیسے دو"۔

"ہاں نہ" اور "نہ ہاں" کی تکرار بڑھتے بڑھتے جھگڑے کی نوبت آگئی۔ مگر جھگڑا ہونے سے پہلے ہی عقل کام دے گئی اور وہ دونوں ایک منصف کے پاس پہنچے۔

منصف نے پہلے شروع سے آخر تک ان سے تفصیل سنی، چند لمحے تک غور وخوص کرنے کے بعد ان دونوں کو اپنا فیصلہ سناتے ہوئے ان سے کہا۔ "اچھا سنئے! آپ میں سے پہلے کو سات آنے ملیں گے اور دوسرے کو صرف ایک آنہ ملے گا"۔

منصف کا فیصلہ سن کر دوسرا مسافر دل ہی دل میں اسے برا بھلا کہنے لگا۔ پھر طنزیہ لہجے میں بولا:

"جناب عالی! آپ نے خوب انصاف کیا ہے۔ مجھے تو پہلے ہی تین آنے مل رہے تھے۔ اب آپ صرف ایک ہی دلوا رہے ہیں۔ کمال ہے آپ کے انصاف کا"۔

منصف ایک لمحے تک اس کی طرف دیکھتا رہا۔ پھر مسکراتے ہوئے اس نے پہلے مسافر سے پوچھا: "آپ کی روٹیاں کتنی تھیں"؟

"صرف پانچ"۔

"آپ نے روٹیوں کے کل کتنے ٹکڑے کئے تھے"؟

"پندرہ ٹکڑے"

"آپ نے کتنے ٹکڑے خود کھائے اور کتنے ٹکڑے تاجر کو دیئے"؟

"میں نے خود آٹھ ٹکڑے کھائے اور باقی سات ٹکڑے اس سوداگر کو دیئے"۔

اب منصف نے دوسرے مسافر سے پوچھا۔ "آپ کی روٹیوں کے نو ہی ٹکڑے تھے نا"؟

"جی ہاں اتنے ہی تھے۔"

"اب آپ ایمانداری سے بتائیں کہ ان میں سے کتنے ٹکڑے آپ نے خود کھائے اور کتنے مسافر کو دیئے تھے۔"

"میں نے آٹھ ٹکڑے خود کھائے تھے اور ایک ٹکڑا سوداگر کو دیا تھا"۔

"بس تو پھر آپ ہی بتلایئے کہ آپ کو حساب سے ایک آنہ ہی ملنا چاہیے یا اس سے زیادہ"؟

منصف نے کہا۔

دوسرے مسافر سے اب کچھ نہیں بنا۔ وہ منصف کے اس عجیب و غریب انصاف سے متاثر ہو کر دل ہی دل میں اس کی تعریف کرتا ہوا چلا گیا۔

(۵) گیت کا اثر

ایک شاعر تھا۔ وہ صرف گیت لکھا کرتا تھا! اور کوئی دوسرا کام نہیں کرتا تھا۔ بس ہاتھ پر ہاتھ دھرے بیٹھا رہتا تھا۔ یہی وجہ تھی کہ وہ بہت غریب تھے۔

ایک دن اس کی بیوی نے اس سے کہا۔ تم بادشاہ کے پاس جاکر کوئی گیت ہی سنادو۔

شاید بادشاہ سے انعام مل جائے۔"

شاعر کو یہ تجویز پسند آگئی اور بادشاہ کے پاس پہنچ گیا۔ بادشاہ نے اس کو گیت سنانے کو کہا۔ شاعر نے گیت سنایا۔

گھسے گھِساوے

گھِس گھِس لگاوے

پانی!

جس کی وجہ سے تو گھِسے

وہ بات میں نے جانی!

بادشاہ کو گیت اچھا لگا۔ اس نے اُسے اپنے استعمال کے تمام برتنوں پر لکھوا دیا۔

چند دنوں بعد بادشاہ اور وزیر میں کسی بات پر رنجش ہو گئی۔ وزیر مزاج کا اچھا آدمی نہیں تھا۔ وہ بادشاہ کو مار ڈالنے کے بارے میں سوچنے لگا۔ اس طرح حکومت کی باگ ڈور اس کے ہاتھ آ جاتی یعنی وہ خود بادشاہ بن جاتا۔

وزیر نے بادشاہ کو مروانے کے سلسلہ میں کئی تجویزیں سوچیں اور آخر میں ایک تجویز پر عمل کرانے کے لئے تیار ہو گیا۔

ایک حجام روزانہ بادشاہ کی داڑھی بنانے کے لئے آتا تھا۔ وزیر نے حجام کو ڈھیر ساری دولت دینے کا لالچ دے کر اسے اس پر عمل کرنے کے لئے راضی کر لیا کہ جب وہ بادشاہ کی داڑھی بنانے جائے تو اُسترا خوب تیز کر لے اور داڑھی بناتے وقت بادشاہ کی گردن کاٹ دے۔

دوسرے دن حجام بادشاہ کی داڑھی بنانے کے لئے گیا۔ کٹورے میں پانی آیا۔ حجام پتھر پر پانی ڈال کر استرا تیز کرنے لگا۔ بیٹھے بیٹھے بادشاہ کی نظر

کٹورے پر گئی۔ کٹورے پر شاعر کا وہ گیت کُھدا ہوا تھا۔ بادشاہ گیت گنگنانے لگا۔

کِھسے گھساوے

پھر گھِسے

گھِس گھِس لگاوے

پانی!

جس کی وجہ سے تو گھِسے

وہ بات میں نے جانی!

بادشاہ کی گنگناہٹ سن کر حجام کا نپنے لگا۔ وہ سمجھا کی بادشاہ کو وزیر کی سازش کا پتہ چل گیا ہے۔ اس خیال کے آتے ہی وہ اٹھا اور سر پر پیر رکھ کر بھاگ کھڑا ہوا۔

بادشاہ کو، حجام کے اس طرح بھاگ جانے پر بڑی حیرت ہوئی، ساتھ ہی غصہ بھی آیا۔ اس نے حکم دیا کہ حجام کو پکڑ کر لایا جائے۔

حجام گرفتار ہو کر جب بادشاہ کے سامنے پیش ہوا تو بادشاہ نے پوچھا۔

"کیا بات ہے؟ تم نے ایسی حرکت کی جرات کیسے کی"؟

حجام جان کی امان چاہتے ہوئے گڑگڑانے لگا۔ اور اسنے سچ سچ سب کچھ بتادیا۔

بادشاہ نے وزیر کو گرفتار کرانے کے بعد سب سے پہلا کام یہ کیا کہ اس نے شاعر کو بُلا کر کہا۔ "جس قدر بھی دولت اٹھ سکے، اپنے گھر لے جاؤ۔"

اور اس کے بعد وزیر کو سزائیں دیں۔

* * *